오빠는 오늘도 오케이

HIRO NO CHITSUJYO
Text & illustration©Misayo Sato 2017

First published in Japan in 2017 by TaroJiro-Sha Editus Co,Ltd, Tokyo
Korean translation rights arranged with TaroJiro-Sha Editus Co,Ltd. through Gaon Agency, Seoul

Design : Takeshi Shindo

오빠는 오늘도 오케이

다운증후군 오빠의 이유 있는 하루

사토 미사요 글·그림
채송화 옮김

한울림스페셜

우리 오빠, 히로

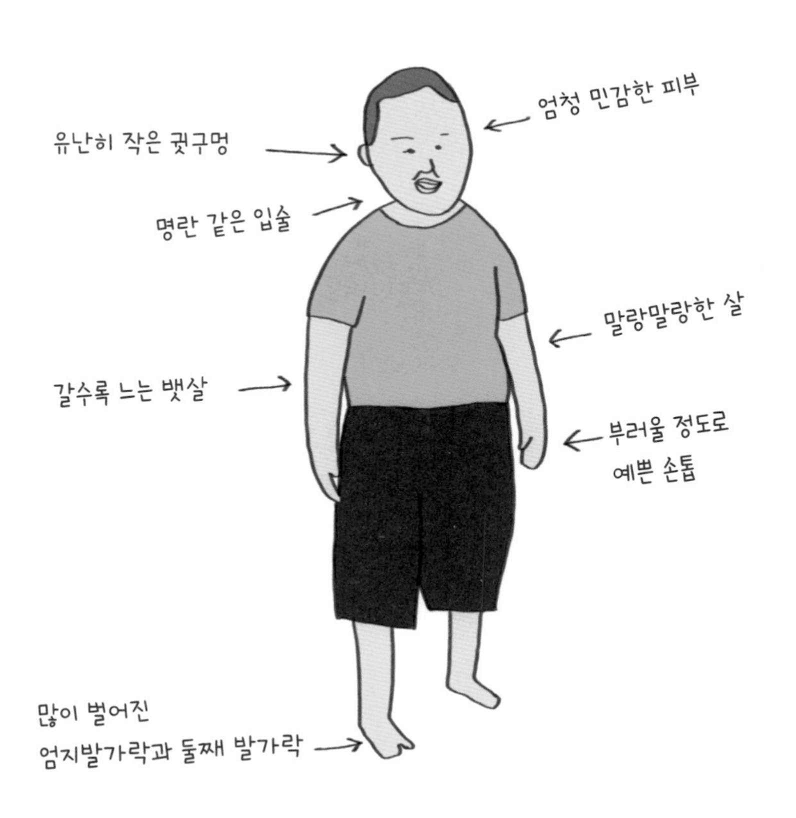

엄청 민감한 피부
유난히 작은 귓구멍
명란 같은 입술
말랑말랑한 살
갈수록 느는 뱃살
부러울 정도로
예쁜 손톱
많이 벌어진
엄지발가락과 둘째 발가락

좋아하는 음식

햄버그스테이크, 소고기 덮밥, 오이, 커피

오빠는 뭘 좋아한다고 표현하는 일이 드물다.
그러므로 이건 어디까지나 내 추측이다.

싫어하는 음식

파슬리, 오징어

음식이라면 조림 요리의 국물까지 싹 먹어 치우는
오빠지만, 이 두 가지만큼은 꼭 남긴다.

오빠의 별난 습관

아침 인사는 상대가 대답할 때까지 무한 반복한다.

요 이불을 싫어해서 잘 때 깔아 주면 치워 버린다.

한여름에도 담요를 덮는다.

거실 나무 바닥이 삐걱대는 소리를 좋아한다.

카레 덮밥을 먹을 때는 먼저 밥 위에 카레를 넓게 펴 바른다.

몸을 앞뒤나 좌우로 흔들기를 좋아한다.

윗도리 밑단을 팬티 안으로 넣어 입는다.

'따뜻하다'라는 말을 자주 쓴다.

수건을 널 때는 실밥 한 가닥만 빨래집게로 집어 놓는다.

세안제 거품으로 허옇게 된 엄마의 얼굴을 무서워한다.

좀 뚱뚱해 보일 만큼 살이 쪘다.

인심 하나는 끝내준다.

병원 가기와 거울 보기를 가장 싫어한다.

자신을 마중 나온 차를 보면 늘 전력으로 뛰어온다.

양말 신기를 싫어한다.

엄지발가락과 둘째 발가락 사이가 넓다.

무슨 생각을 하는지 가끔 혼자 신나 한다.

잠자리에 들기 전 반드시 하이파이브를 한다.

프롤로그

오빠는 다운증후군

다운증후군이 있는 내 오빠에게는 조금 별난 버릇과 습관이 있다.
이를테면 아무리 무더운 한여름이라도 반드시 담요와 겨울 이불을 덮고
잔다. 더울까 봐 걱정이 된 식구들은 계속 여름 이불로 바꿔 주지만,
돌아서면 어느새 겨울 이불을 덮고 있다. 또 몸을 앞뒤나 좌우로 흔드는
걸 아주 좋아해서 틈만 나면 그 행동을 반복한다. 거실 나무 바닥을 밟을
때 나는 삐걱대는 소리가 좋은지, 일부러 소리 나는 곳을 꾹꾹 눌러
밟으며 몸을 흔들기도 한다. 반대로 아주 싫어하는 것도 있는데, 대표적인
게 거울이다. 아주 질색을 해서 거울은 절대로 보려고 하지 않는다.
이처럼 행동 하나하나는 아주 자잘하지만, 오빠에게는 이런 습관과
버릇이 셀 수 없이 많다.
언제부터인가 나는 오빠의 행동이 아주 인간적이고 재미있게 느껴졌다.
별난 습관과 버릇으로 가득 찬 오빠의 일상을 보면서 어쩌면 오빠에게는

내가 모르는 오빠만의 '질서'가 있는 게 아닐까 싶어졌다.
그런 생각으로 나는 오빠의 하루를 관찰하면서 행동 하나하나를 글과 일러스트로 엮었다. '아침', '점심', '저녁' 순으로 오빠의 일상을 소개하면서 그 사이에 사춘기 시절 내가 오빠에 대해 느꼈던 감정과 우리의 관계를 '과거'라는 이름의 장으로 끼워 넣었다.
생활 속에서 부딪치는 문제들도 책 속에 녹였다. 지능검사에서 낮은 점수를 받은 오빠와 함께하는 생활에는 풀어 가야 할 과제가 많다. 오빠가 하는 말 한마디도 처음 듣는 사람은 잘 알아듣지 못해서 주변 사람들이 도와주어야 한다.
이 책을 읽고 나서 독자들이 다운증후군에 관해 조금이라도 더 알게 되기를, 그리고 '나'답게 살아가는 방법의 하나로서 자신을 비롯한 타인의 버릇과 습관을 서로 존중해 주기를 바라는 마음이 간절하다.

차례

아침

집요한 아침 인사

안녕,
잘 잤어?

아침에 엄마가 일어나면 오빠도 따라 일어난다.
웬만해서 오빠가 먼저 일어나는 일은 없다.
아무도 안 일어나면 누군가 일어날 때까지
이불 안에서 뒹굴뒹굴한다.

일어나면 "안녕, 잘 잤어?" 하고 아침 인사를 한다.
이 인사는 상대의 대답을 들을 때까지 계속된다.

안녕,
잘 잤어?

소파에서 여유만만

인사 후엔 소파에 앉아 몸을 흔들며 여유를 즐긴다.
나갈 준비를 해야 하는데도 아무 생각이 없다.

몸을 앞뒤나 좌우로 흔드는 건
오빠가 어릴 때부터 아주 좋아하던 동작으로
지금도 자주 하는 습관 중 하나이다.

혼자 웃기

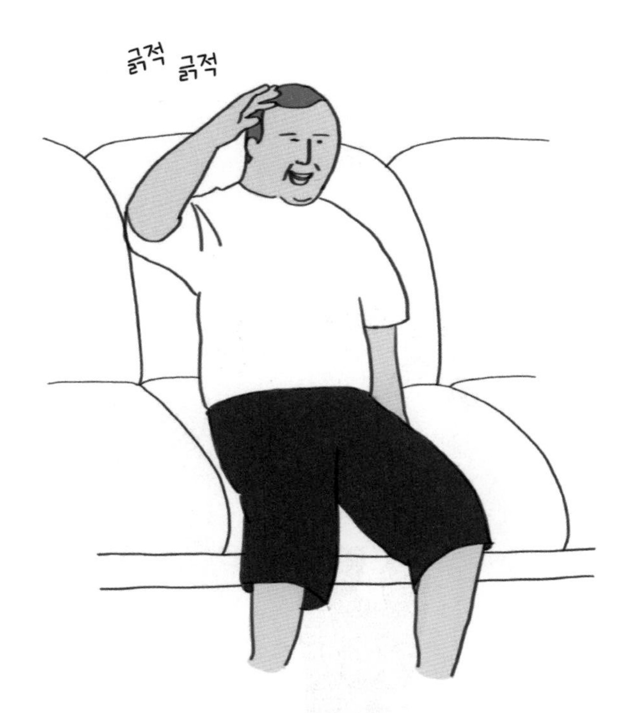

종종 무슨 생각을 하는지 혼자 빙그레 미소를 짓는다.

뭐가 그렇게 재밌는지는 오빠 혼자만 알고 있다.

느릿느릿, 빼꼼

보다 못한 엄마가 “어서 윗도리 가져와야지.” 하고 말하면 느릿느릿 2층으로 올라간다.

잠시 뒤, 갈아입을 옷을 가져와서는

"맞아? 맞아?" 하며 중얼댄다.

"맞아?"는 '이 옷 가져오는 거 맞아?'라는 의미이다.

오빠의 패션
오케이…
폴로 셔츠 깃은
항상 세운다
바지 위로
드러난 팬티. 윗옷을 너무
집어넣어서 벌어진
불상사(?)
맨발에 운동화,
찍찍이 신발을
좋아한다

속옷 보여!

"오케이, 오케이."
오빠가 옷을 갈아입고 나오며 말한다.
"팬티 보여!" 내가 핀잔을 주자,
"멋지잖아." 엄마가 웃으며 말한다.
사소한 부분은 신경 쓰지 않는 우리 엄마.

오빠는 입을 옷을 한 번에 가져오기도 하고,
몇 번씩 잘못 가져오기도 한다.
1년 365일, 먹은 나이만큼 30년 이상
반복하고 있는 일상이다.

화장실 문제

볼일을 보고 나서 뒤처리가 완벽하지 않았는지 매일 속옷이 더러워진다. 엄마가 오빠 속옷만 따로 모아 두 번 세탁할 정도다.
실수로 변기를 더럽히기도 한다. 나뿐 아니라 오빠와 식구들의 쾌적한 생활을 위해 나는 변기 디자인을 바꾸어 실수로 변기 더럽히는 문제를 개선할 수는 없을까 하고 고민한다.

잘 머쯤니다

아침 식탁에 앉으면 "잘 머쯤니다." 하고 인사한다.
"잘 먹겠습니다, 해야지." 하고 바로잡아 주면
얼른 고쳐 말한다. "잘 먹겠습니다!"

크엉크엉 챱챱

오빠는 혀가 크고 이가 고르지 않아 음식을 먹을 때
유난히 소리를 낸다. 나는 그 소리가 너무 거슬린다.
씹기가 힘든지 음식을 몇 번 우물우물하다가 그대로 삼킨다.
"맛있어…."
보통은 묵묵히 먹지만, 가끔 맛을 평가하기도 한다.

오빠는 식욕이 아주 왕성해서 눈앞에 있는 음식은 모두 먹으려고 든다. 한 번은 회전초밥집에 갔는데, 돌고 있는 초밥을 다 자기 앞에 가져다 놓아서 정말 난처했었다.
나는 오빠가 뭔가 하고 싶어하거나 갖고 싶어하는 욕구가 별로 없어서 음식에 집착하는 게 아닐까 생각했다. 실제로 먹는 것 말고는 욕구를 강하게 표현하는 일이 거의 없다. 어쩌면 오빠가 하고 싶어하는 게 뭔지 우리가 알아차리지 못했을 뿐인지도 모르지만.
어쨌거나 그 바람에 자꾸 살이 쪄서 걱정이다. 어렸을 때 오빠는 손 짚고 옆 돌기를 할 만큼 활동적이었다. 자라면서 점잖아졌고 거의 활동을 하지 않게 되었다. 표현하는 어휘 수도 어렸을 때가 훨씬 많았고 발음도 정확했는데, 지금은 어눌해졌다.
다운증후군이 있는 사람은 대체로 청소년기가 되면 살이 찌고 덜 움직이는 것 같다. 하지만 오빠의 경우는 식구들이 일과 학업으로 바빠지면서 혼자 있는 시간이 많아졌기 때문인지도 모른다.

다 먹은 그릇 치우기

밥 먹다가 흘린 음식은 자기가 휴지로 닦는다.

오빠　어, 닦았어.
엄마　옳지. 그다음엔?
오빠　다음엔? 어기, 버여(저기다 버려).
엄마　그렇지, 어서 휴지 버려.
오빠　어….
엄마　그리고 또?
오빠　어…?
엄마　다 먹은 그릇 치워야지!
오빠　어….

허락받고 물 마시기

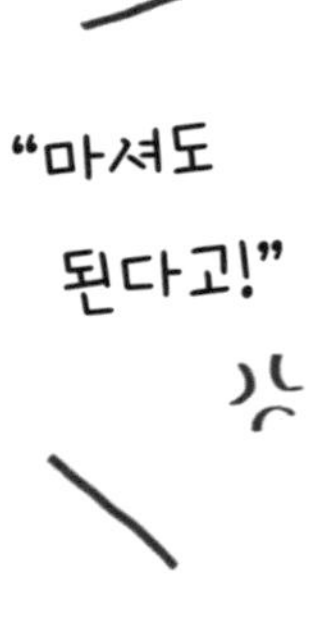

밥을 먹고 나면 "돼?" 하고 묻는다.

물을 마셔도 되느냐는 의미이다.

언제부턴가 뭘 하기 전에 해도 괜찮은지를 묻는다.

만족할 만한 대답을 들을 때까지 계속.

하지만 아무도 없을 땐 자기 마음대로 하는 듯하다.

끝내주는 인심

물 한 잔도 꼭 물어보고 마시지만,
다른 사람이 뭘 달라고 하면 덥썩 내 준다.

심지어 먹는 것도 누가 "나 한 입만 줄래?" 하면
"그래." 하고 선뜻 나누어 준다.
아무리 좋아하는 커피와 햄버그스테이크라도.

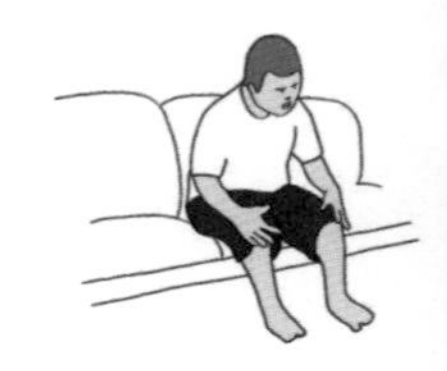

빨래 팡팡

엄마가 빨래 정리를 도와 달라고 부탁하면
개기 전에 팡팡 하고 빨래를 괜히 여러 번 턴다.
그게 재미있나 보다.

빨래를 팡팡 털 때 드는 상쾌한 기분은
왠지 나도 알 것 같다.

그러나 빨래를 갤 때는 대충대충 잽싸게 한다. 내가 "너무 막 개는 거 아냐?" 하고 말하면 씨익 웃는다. 자기도 알고 있다는 의미이다.

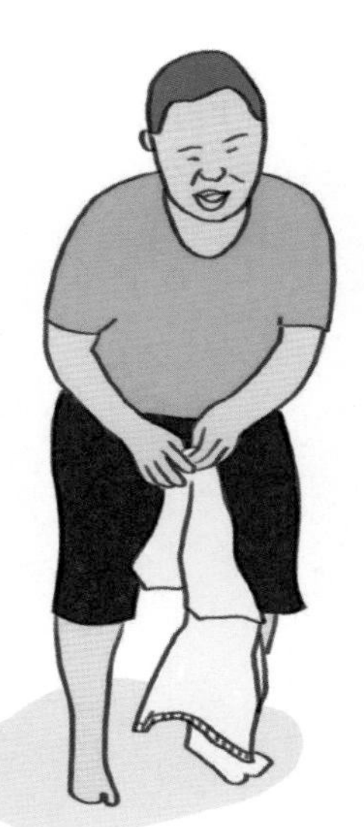

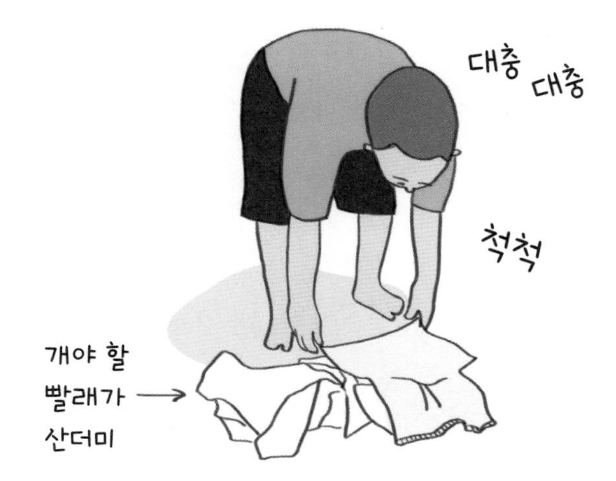

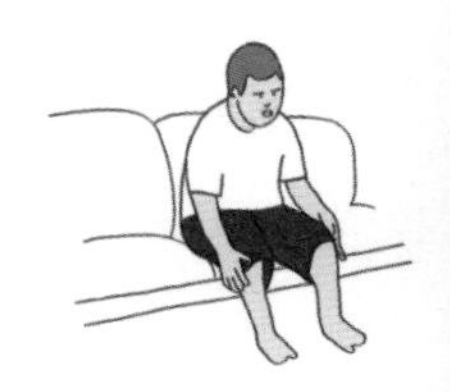

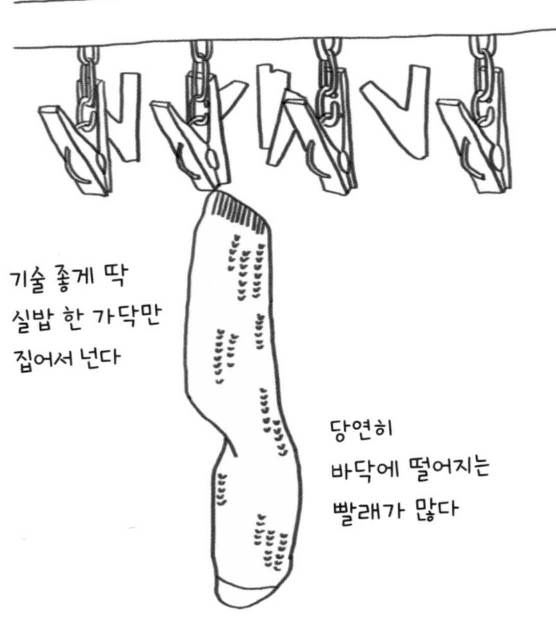

빨래 널기도 돕는다.
수건, 양말, 속옷 할 것 없이
실밥 한 가닥만 빨래집게로 집어서 넌다.
오빠의 기술에 나는 깜짝 놀랐다.

알고 보면 손재주가
보통이 아닐지도 모른다.

은근 효자

요 몇 년 사이 엄마는 오빠에게 집안일을 자주 부탁한다.
상상했던 것보다 오빠가 꽤 많은 일을 하는 듯한데,
싫은 기색이 전혀 없다.

추운 겨울 아침이나
비가 오는 날이라도
쓰레기를 버려 준다.
그저 묵묵히
집안일을 덜어 준다.

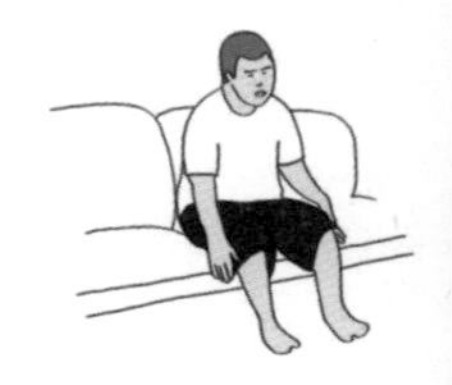

엄마의 장난

엄마가 세안제 거품이 잔뜩 묻은 얼굴로 부르면
오빠는 그 허연 얼굴이 무서운지
절대로 눈을 마주치지 않는다.
그럴수록 엄마는 오빠의 반응을 즐긴다.

무서운 물건

어린아이가 무서워하는 건 대체로 오빠도 싫어한다. 높은 곳이나 영화관처럼 어두운 공간, 병원이나 장례식장의 낯선 분위기 같은 것들 말이다. 특히 거울에 이상하리만치 거부반응을 보이며, 절대 거울을 보지 않으려 한다. 이유는 모르지만 그런 모습을 보면 오빠에게는 아무리 나이를 먹어도 무서운 걸 무섭다고 솔직하게 표현하는 감수성이 아직 남아 있다는 생각이 든다.

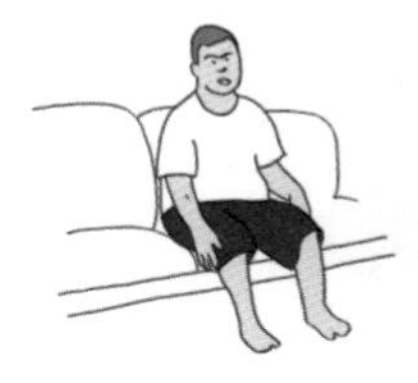

면도의 기술

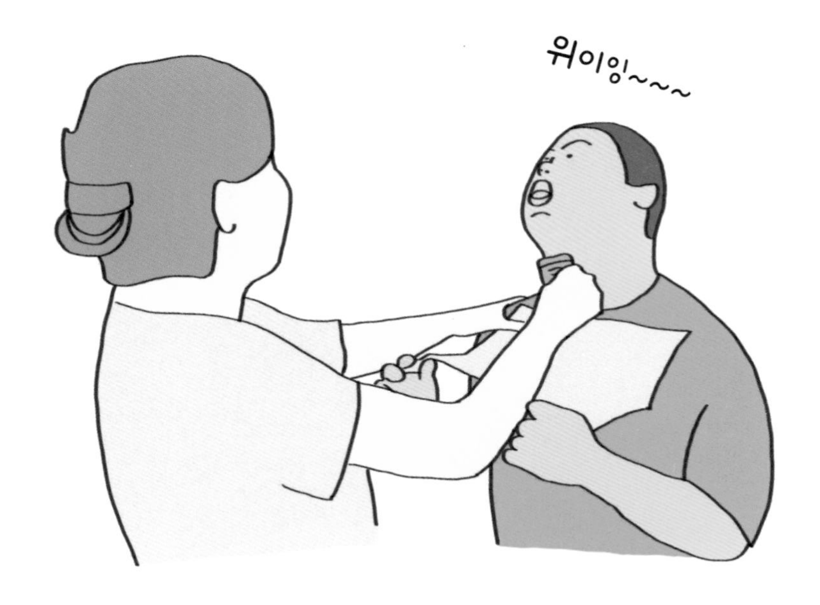

오빠는 피부가 아주 말랑말랑해서

수염을 깨끗이 깎으려면 기술이 필요하다.

알 수 없는 표정

엄마 : 화장실 다녀와야지!

오빠 : 갔다 왔어.

엄마 : 그럼 가방 들고 신발 신어.

엄마 말에 오빠는 가방을 들고, 신발을 신고, 차에 탄다.

차 안에서는 멍하니 풍경을 바라보기도 하고,

알 수 없는 표정을 짓기도 한다.

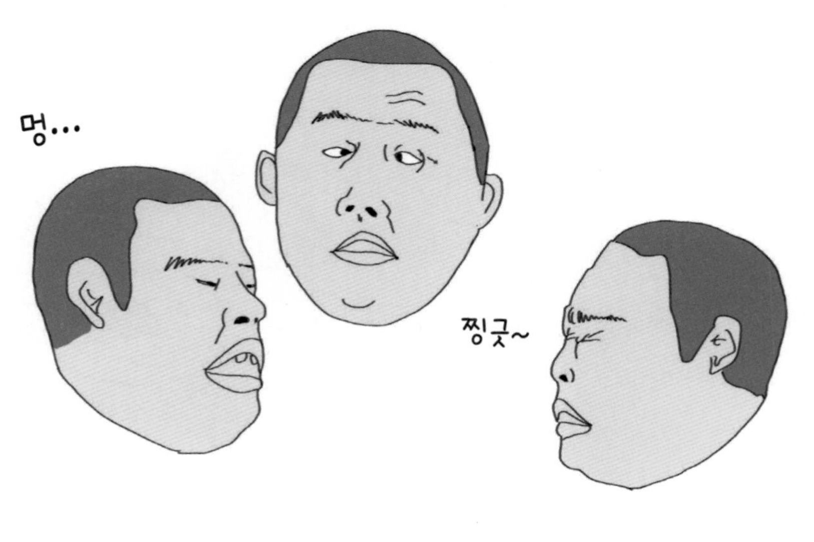

오빠의 이유 있는 반항

식욕은 이길 수 없어!

언젠가 가족들이 다 함께 저녁을 먹을 때 있었던 일이다. 전날 너무 먹은 탓에 배탈이 난 오빠는 그날 저녁 달랑 죽 한 그릇만 먹게 되었다. 하지만 다른 식구들은 평소처럼 식사를 해서 식탁에는 몇 가지 반찬이 올라와 있었다.

"잘 먹겠습니다!" 하고 다 같이 식사를 하려는 찰나, 오빠가 갑자기 기분이 언짢은 듯 이렇게 말했다.

"나만 달라, 반찬이 없어."

"히로는 배탈이 났으니까 다 나을 때까지 죽 먹어야 해!" 하고 엄마가 설명했지만, 오빠는 자리에 앉지도 않고 식탁 주변을 어슬렁거렸다. 그런 오빠를 보고 엄마가 단호하게 말했다.

"안 먹을 거야? 먹기 싫으면 안 먹어도 돼."

그러자 오빠는 "안 먹어!" 하고 태어나 처음으로 음식을 거부했다. 이런 일은 처음이라 엄마와 나는 한순간 눈이 휘둥그레졌고, 이내 웃음을 터뜨렸다.

결국 오빠는 마지못해 죽을 먹기 시작했다. 아무래도 식욕은 이길 수 없었나 보다.

목욕 정도는 내 맘대로 할 거야

목욕을 아주 좋아하는 오빠는 요즘 혼자서 목욕물을 받는다. 버튼 하나만 누르면 알아서 물이 받아지는 장치를 욕조에 달았기 때문이다. 심지어 따뜻한 물이 다 차면 멜로디가 흐르면서 “욕조가 데워졌습니다.” 하고 알려 주기까지 한다.

오빠는 우리 모르게 혼자서 목욕물을 받기 때문에 그 멜로디가 흐르면 식구들은 모두 깜짝 놀란다. 그러면 반 농담 식으로 이렇게 말하곤 했다.

“와~, 히로, 또 혼자서 목욕물을 받았네!”

“얼른 갈아입을 바지 가져다 놓고 욕조에 들어가.”

그러던 어느 날, 오빠는 물이 얼마 안 찼는데도 옷을 벗고 욕조에 들어가 있었다. 아마도 물이 다 받아졌다고 식구들이 말해 주는 게 싫어서 미리 욕조에 들어가 추운데도 참고 물이 차기를 기다리는 것 같았다.

이런 일이 몇 번 있고 나서 오빠는 감기에 걸렸다.

‘목욕 정도는 내 맘대로 할 거야. 이래라저래라 하지 마!’라는 서른 넘은 사나이 나름의 주장일 거라고 엄마는 추측했다.

‘나 홀로 파스타’ 사건

어느 날 엄마가 잠시 집을 비운 사이 오빠가 사라지는 사건이 벌어졌다. 엄마는 당장 오빠를 찾아 나섰고, 잠시 뒤 집에서 20분 거리에 있는 레스토랑에서 오빠를 찾았다는 연락을 받았다. 달려가 보니 오빠가 무전취식을 한데다 실종자로 오해받아 경찰에게 둘러싸여 있었다.

자초지종을 들어 보니, 그날 레스토랑이 문을 열자마자 오빠가 들어왔고, 대화가 거의 안 될 텐데 어찌된 영문인지 그날의 추천 메뉴인 파스타를 주문했으며, 다 먹고 나서는 메고 있던 배낭 안에서 센터 알림장을 꺼내 당당하게 보여 주었다고 했다. 아마도 오빠는 아침 정도는 혼자서 해결할 수 있다고 생각했나 보다. 또 알림장이 돈 대신이라고 알고 있었나 보다.

사건은 여기서 끝나지 않았다. 어느 날 오빠가 또 없어져서 혹시나 하고 그 레스토랑을 다시 찾아가 보니 아니나 다를까. 오빠가 레스토랑 밖에서 우왕좌왕하고 있었다. 아마도 본인에게는 지갑과도 같던 알림장을 집에 두고 왔기 때문일 거라고 엄마는 추측하며 이렇게 오빠를 칭찬했다.

“그래도 한편으로는 훌륭했어!”

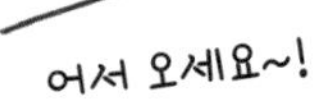

점심

지각이라도 괜찮아

오빠가 다니는 센터에서는 매일 '조회'를 하는데
그 시간에 출석을 부르고 노래를 부르기도 한다.
우리 집은 아침에 늘 정신이 없기 때문에 대체로 지각을 하지만,
오빠는 거기에 대해 별로 신경 쓰지 않는다.

흔히 다운증후군이 있는 사람은 고집이 세다고들 한다. 매일 하는 정해진 일과와 행동이 있는데, 그걸 똑같이 하지 않으면 혼란에 빠질 수 있기 때문이다. 그러나 오빠의 경우에는 '질서'가 좀 흐트러져도 의연한 편이다. 엄마가 하는 일의 상황에 따라 센터에 지각하거나 반대로 일찍 갈 때도 많아서 그런가 보다.

이런 걸 보면 오빠는 자신이 고집하지 않는 부분에 관해서는 있는 그대로 받아들이는 듯하다.

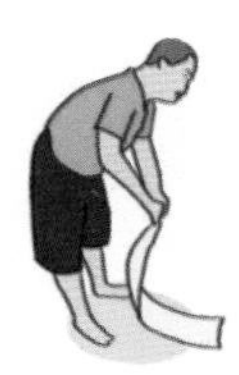

오빠의 시간 감각

오빠의 시간 감각은 참 재미있다. “할머니네 갈 거야.” 하면, 30분이건 1시간이건 기꺼이 차 앞에 기다린다. 고대하던 일을 기다리는 시간 그 자체를 즐기는 듯하다.

대답은 잘해요

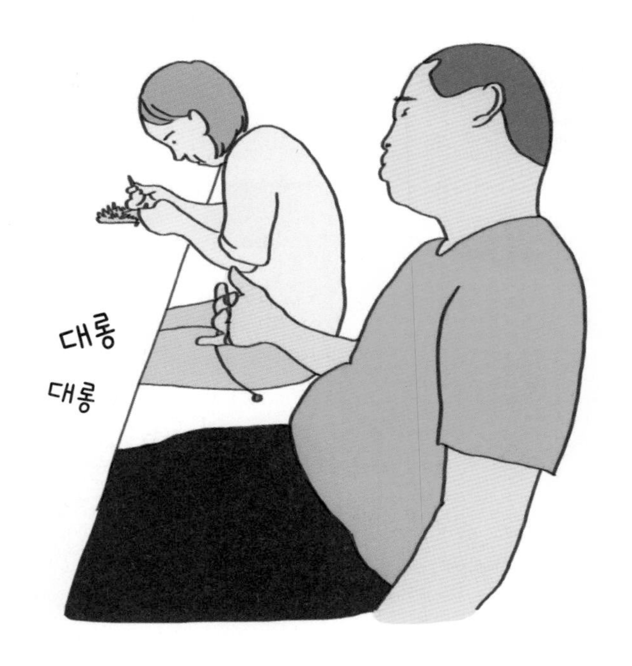

센터에 오는 사람들은 각자 맡고 있는 작업이 있다.
오빠는 비즈에 실 꿰는 일을 맡았는데, 도무지 의욕이 없다.
복지사 선생님이 "어서 해 볼까요?" 하면 "네, 합시다!" 하고 대답은
힘차게 하지만, 늘 심드렁한 상태인 듯하다.

밥 먹을 준비

작업이 끝나면 다음엔 식사 시간이다.

식탁 위를 닦거나 식탁보를 깔면서
열심히 밥 먹을 준비를 하는 사람이
있는가 하면, 아무것도 하지 않고
가만히 앉아 있는 사람도 있다.

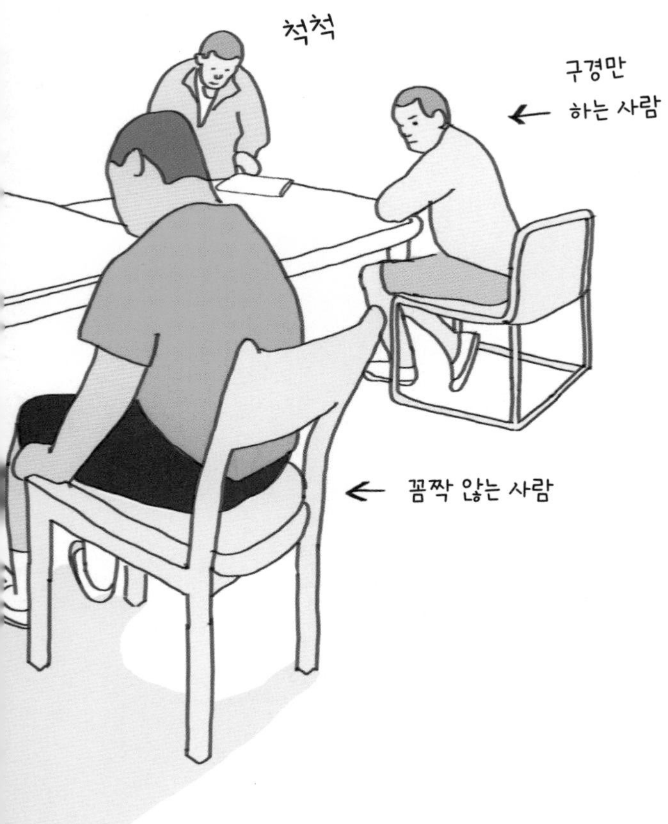
열심히
척척
구경만
하는 사람
꿈짝 않는 사람

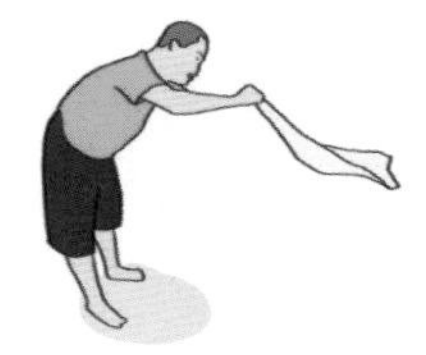

마이웨이

놀라운 건 센터 사람들 모두 밥을
빨리 먹으면서도 아주 깨끗하게 먹는다는 것이다.
다 먹은 그릇도 알아서 얼른 치운다.
'아주 조금이라도 좋으니 오빠도 좀 보고
배웠으면…' 하고 생각하고 말았다.

나름 미식가

카레나 덮밥류를 먹을 때
오빠가 하는 조금 유별난
버릇이 있다.
맨 위에 있는 음식부터
차례대로 먹는다.

양치질은 싫어

오빠는 이 닦기를 아주 싫어해서
양치질할 때 세상 싫은 표정을 짓는다.
결국 복지사 선생님이 도와준 뒤에야
이 닦기가 마무리된다.

히로에 씨,
양치 안 하고
뭐 해요?

귀여워서 콩콩

식사 후 쉬는 시간,

나이가 많은 히로미 씨라는 여성분이

가끔 오빠 이마에 자신의 이마를 콩 하고

찧는다. 오빠가 귀여운가 보다.

보고 있던 나도 마음이 따뜻해진다.

관심이 필요해

모두가 모일 때 거기에 끼지 못하고 혼자 있게 되거나
아무도 관심을 주지 않으면, 심통이 나서
갑자기 소리를 크게 지른다거나 기분 언짢아하는 것 같다.

오빠는 성격이 순하고 어른스럽지만, 가끔 기분이 별로일 때는 대답이 퉁명스러워지고, 센터에서는 물건을 던지기도 한다.
누구나 기분이 좋지 않을 때가 있다. 하지만 언어나 의사 표현 능력이 부족해 소통이 어려우면 그 사람이 왜 그런 행동을 하는지, 왜 기분이 나쁜지 남들은 모를 수 있다. 그러면 상대도 애가 타지만, 그 누구보다도 그걸 전달하지 못하는 오빠 자신이 가장 답답할 것이다.
센터에서 오빠는 '까다로운 사람'으로 통하는 듯한데, 나로서는 그게 조금 의외였다. 누구든 개인적인 공간에서 보이는 얼굴과 사회에 나가 남에게 보이는 얼굴은 다르게 마련인가 보다.

약수터에서 물 받기

날씨가 좋으면 센터에서는 산책을 나가거나 드라이브를 떠난다.
이날은 어항에 넣을 물을 받으러 약수터에 갔다.
센터에서 걸어서 5분 거리에 약수터가 있다.

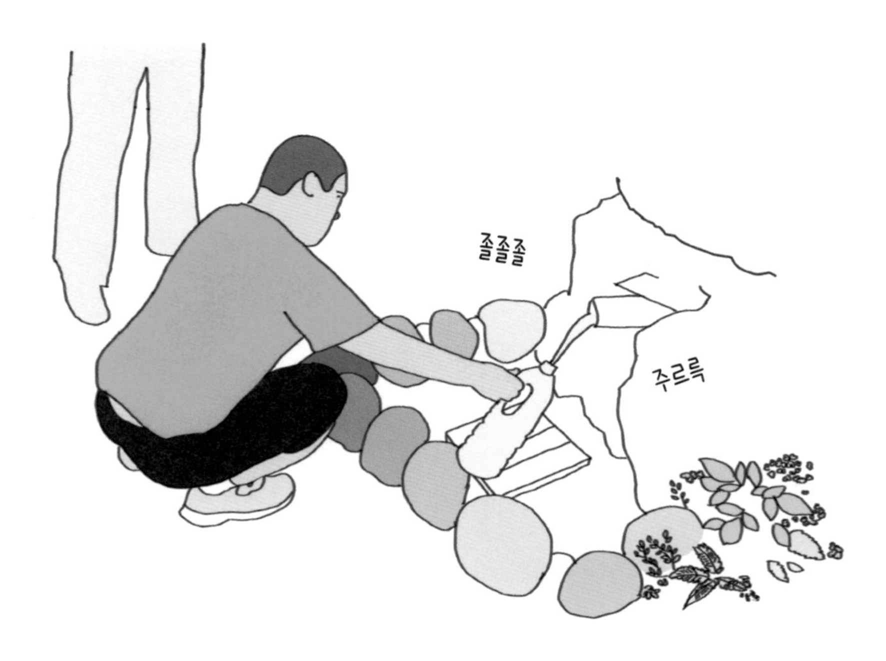

나 좀 찍어 줘요

약수터에 다녀온 뒤에는 센터 주변을 산책한다.
카메라를 향해 익살스러운 포즈를 취하는 오빠.

신나는 종례 시간

복지사 선생님에게 전달 사항을
듣고 나면 다 함께 체조를 한다.
앞으로 나가 적극적으로 하는 사람도 있지만,
남의 일인 양 구경만 하는 사람도 있다.

하나
둘
셋
넷

오빠가 다니는 센터는 사회복지법인에서 운영하는 장애인 지원 시설이다. 지적장애 또는 지체장애가 있는 사람들이 다니거나 머물기도 하면서 자립 생활을 위한 훈련을 한다. 오빠는 특수학교를 졸업하고 스무 살 때부터 이 센터를 주5일 다니고 있다.

센터에서는 그날 하루 오빠가 어떻게 생활했는지를 '알림장'에 적어서 보내 준다. 엄마는 대체로 '양호'라고 간단히 써서 알림장을 돌려보낸다. 세심하지 않다고 볼 수도 있지만, 다운증후군 아들의 상태를 '양호'라고 간단히 적을 수 있게 되기까지 엄마가 넘어온 세월은 결코 짧지 않았다.

7월 25일 수요일 사토 히로에 씨

가정에서	양호	
복지센터에서	오전	오후
	비즈꿰기 드라이브 산책	채소 구입 산책
	특이사항	식사
		남기지 않고 모두 먹음
	출근할 때는 기분이 조금 가라앉은 듯 보입니다. 소리를 크게 지르기도 하는데, 대체로 장난기가 섞여 있는 걸로 봐서 상대의 반응을 즐기는 듯합니다.	

과거

십 대 때 나는 오빠를 있는 그대로 받아들이지 못했다. 오빠와 함께 생활하는 동안 사춘기의 절정에 들어선 나는 오빠의 사소한 행동에도 신경이 거슬렸고, 그저 모든 게 싫었다.

왜 그토록 싫어했을까? 설명하기는 어렵지만, 지금 생각해 보면 그때 나에겐 기댈 수 있는 누군가가 필요했던 것 같다. 부모님이 이혼을 해서 아빠는 곁에 없었고, 엄마는 일하느라 항상 집에 늦게 왔다. 그나마 기댈 수 있는 형제는 하필이면 장애가 있었고, 이런 사정을 친구에게 털어놓기도 어려워서 불안하고 초조한 마음을 오빠에게 화내며 풀어 버렸던 것 같다.

당시에는 오빠의 행동 몇 가지가 특히 신경에 거슬렸다.

화장실 문을 열어 두고 볼일을 본다.

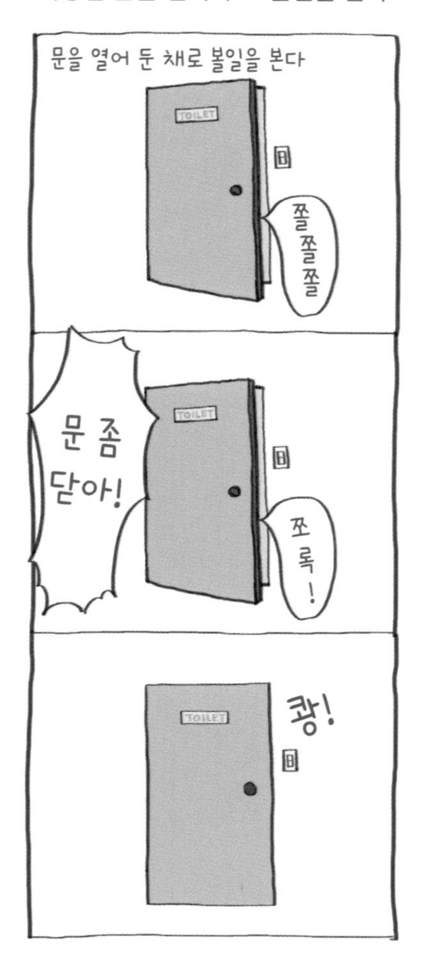

집에서는 늘 사각팬티 차림이다

음식 먹을 때 유난히 소리가 난다

욕실 바닥에 던져둔 속옷

손으로 벽 문지르고 다니기

엄마가 일하러 가고 집에 없을 때는 내가 저녁을 준비하기도 했다. 그때도 나는 오빠에게 화풀이를 했다.

하지만 지금은 오빠가 하는 행동에는 다 그럴 만한 이유가 있다고 생각한다. 화장실 문을 닫지 않는 이유는 폐소공포증이 있어서인 듯하고, 집에서 팬티만 입고 있는 건 더위를 많이 타기 때문이며, 먹을 때 소리가 나는 건 비장애인과 구강 구조가 다른 데다가 이가 고르지 않기 때문이다. 실수한 속옷을 욕실 바닥에 던져두는 이유는 오빠 자신도 어떻게 해야 할지 몰라서 일단 거기에 놔둔 듯하고, 벽에 손을 대고 걷는 건 몸의 균형 감각이 떨어지기 때문이리라.
하지만 그때 나는 오로지 나 자신만 생각했고, 오빠의 습관이 하나같이 못마땅하기만 했다.

나보다 다섯 살 위로 오빠가 또 한 명 있다. 이름은 아키. 장남인 히로 오빠와는 세 살 터울이다. 나이 차가 적기도 하고, 아키 오빠가 성격이 밝아서인지 둘은 나와 다르게 어려서부터 사이가 좋았다. 작은오빠는 처음부터 큰오빠를 어떻게 대해야 할지 알고 있었던 것 같다.
큰오빠를 있는 그대로 받아들이기 전까지 나는 가족인데도 오빠를 어떻게 대해야 할지 몰랐다. 당연히 히로 오빠도 그런 나를 썩 좋아하지는 않았던 것 같다. 작은오빠가 말을 걸면 싱글싱글 웃으며 대답했지만, 내가 말을 걸면 대체로 뚱한 표정으로 날 쳐다보곤 했다.

나는 소외감을 느꼈고 그럴수록 히로 오빠가 더 싫어졌다. 가족과 나 자신에 대한 원망이 가슴속에 응어리진 탓에 그때 나는 다른 사람과의 관계도 원만하지 않았다.

이런 고민을 안은 채 난 대학에 진학했고 집을 떠나 혼자 지내게 되었다. 가족과 멀리 떨어지고 나서야 조금씩 마음에 여유가 생겼던 것 같다. '아무리 가족이지만 엄마도, 큰오빠도, 작은오빠도 나와는 완전히 다른 존재'라고 생각하며 가족을 객관적으로 바라보게 되었다.

그러던 어느 날 수업 시간에 문득 히로 오빠가 떠올랐다. 그때 처음으로 "그래, 오빠는 언제나 자기 본연의 모습 그대로 생활했어. 히로 오빠처럼 나도 꾸밈없이 나답게 살면 돼."라는 생각이 들었다.

그러고 보니 오빠는 나의 나쁜 습관이나 단점을 늘 있는 그대로 받아 주었다는 생각이 들었다. 그러자 기분이 한결 나아졌다. 이 일을 계기로 나는 오빠의 독특한 행동이나 습관을 단지 '히로'라는 사람을 표현하는 개성일 뿐이라고 이해하게 되었다. 오빠는 원래 자기주장이 뚜렷하지 않지만, 대신 고집이나 습관으로 자신의 존재감을 강하게 드러내고 있다고 나는 느꼈다.

그제야 사람을 넓은 마음으로 대할 수 있게 되었다. 오빠에겐 오빠만의 '질서'가 있듯, 나를 비롯한 모든 사람에게는 자신만의 '질서'가 있는 법이라고 이해하게 된 것이다.

그때부터 오빠의 행동이 더는 신경 쓰이지 않았다. 그동안 심하게 대한 걸 후회했고, '내가 해 줄 수 있는 게 뭘까?'를 고민했다.

엄마가 건강하게 살아 계신 지금, 오빠의 행복은 가족과 함께하는 시간일 것이다. 매일 다니는 센터, 휴일에 떠나는 드라이브, 종종 식구들이 사 주는 커피와 따뜻한 식사, 가끔 방문하는 아빠 집. 이런 일상 속에 오빠의 행복이 있는 게 아닐까? 소소하지만 오빠가 기쁨을 느끼는 일상을 지켜 주는 게 가족인 내가 해야 할 역할이 아닐까?

1 새 옷을 사 입고 오면 폭풍 칭찬하기

2 같이 쇼핑을 가기도

3 하지만…

4 무척 뜸을 들인다

물건을 잡는 손 모양새도 참 재미있다.

보기엔 불편할 것 같은데 잘도 잡는다.

저녁

백 미터 전력 질주

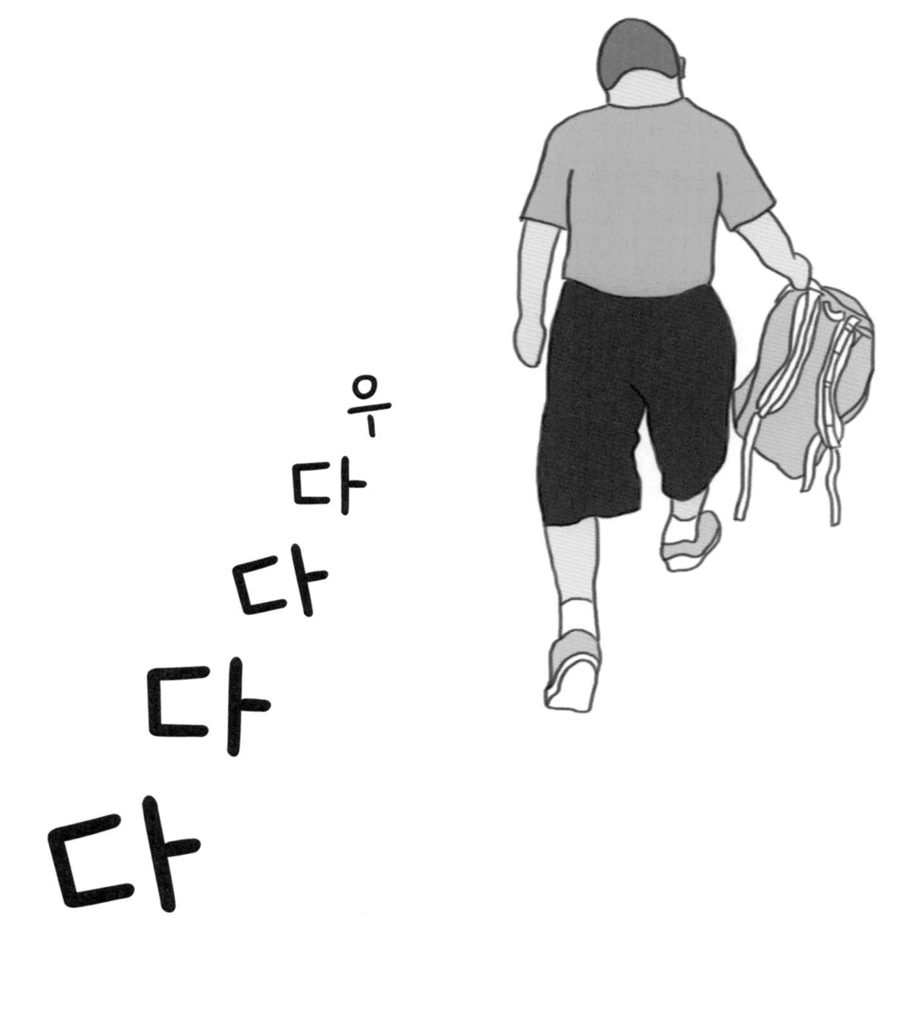

센터 끝나는 시간에 맞춰 마중을 나가면
오빠는 정문에서 차가 있는 곳까지
백 미터 정도의 거리를 반드시 전력 질주한다.
생각보다 달리는 속도가 빠르다.

집으로 돌아가는 길

가끔은 피곤한지 기운이 없어 보인다

차 타고 집으로 가는 길.
"오늘은 뭐 먹었어?" 하고 물으면
그날 식단을 알려 준다.
"··· 따뜻한 밥, ··· 따뜻한 된장국, ··· 고기."
'따뜻하다'는 말을 배운 뒤로 그 말을 자주 쓴다.

고기나 생선 같은 주 메뉴는 제대로 기억했다가
말해 주는 것 같은데, 대충 아무거나 대답하는 날도 있다.

"된장국!"
엄마가 안 물어보면 이렇게 불쑥 혼자 말하기도 한다.
그날 식단을 말해 주는 게 오빠에게는 일과인 듯하다.

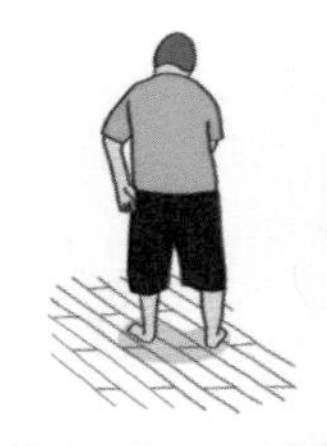

찰떡궁합

마트에도 자주 간다.

장바구니를 들고 흔들흔들 걸으며 엄마 뒤를 따라간다.
아무 생각 없이 따라가는 것 같지만, 엄마가 찬거리를
집어 들자마자 바로 장바구니를 내민다.
안 보는 척하면서 다 보고 있다. 엄마도 당연하다는 듯
오빠가 내민 장바구니에 찬거리를 담는다.
엄마와 오빠는 그렇게 한 팀이 되어 계산대로
갈 때까지 말 없이 공동 플레이를 이어 간다.

거의 30년을 함께했기에 가능한 찰떡궁합이다.

콩나물 하고…
파 하고…
어쩌고저쩌고
보자마자
스읍~!
3,000

삐걱삐걱 흔들흔들

집에 돌아오면 대개는 소파에 앉아 있거나
거실에 서서 몸을 흔든다.
거실 나무 바닥에 삐걱대는 곳이 한 군데 있는데,
거길 밟으며 몸 흔들기를 좋아해서
자주 삐걱거리는 소리를 낸다.

아마도 오빠는 자신이 그러는 줄 모를 것이다.
마치 음악을 들을 때 몸이 저절로 리듬을 타듯이,
오빠에게는 몸을 흔들흔들하는 게 자연스러운 일이고
마음을 편안하게 해 주는 리듬인지도 모른다.

목욕 선언

가만히 있다가 갑자기
"목욕!"이라고 외치고는
욕조에 들어간다.
목욕을 너무 좋아한 나머지
이렇게 선언까지 하고
욕조에 들어간다.

선생님이 좋아!

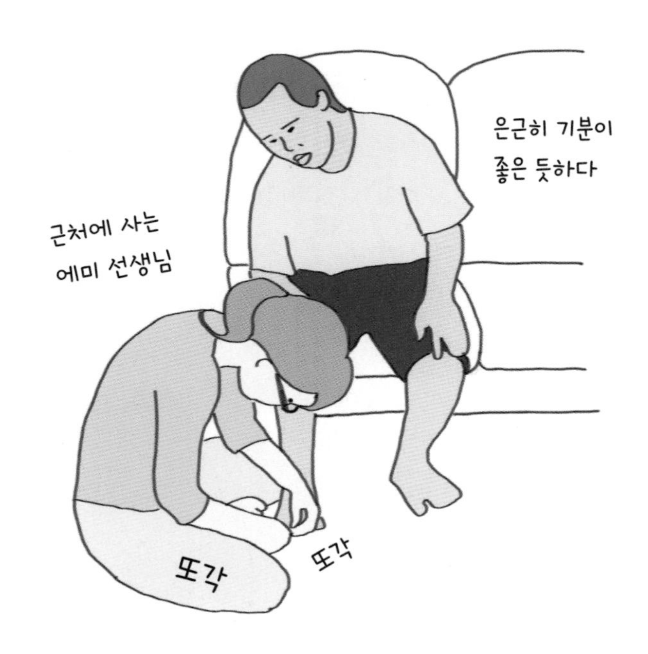

예전에 센터에서 근무했던 에미 선생님은 우리 집 근처에 산다.
종종 놀러 와서 엄마와 대화를 나누기도 하고,
오빠 귀를 파 주거나 손톱 깎는 걸 도와주기도 한다.
그래서 오빠는 에미 선생님을 아주 좋아한다.

엄마의 말은 '법'

엄마가 TV를 보고 있으면 절대 그 앞을 지나다니지 않는다.
자리가 아무리 좁아도 최선을 다해 뒤로 지나간다.
"TV 볼 때는 앞으로 지나다니지 마라." 하고
엄마가 단단히 일러둔 게 분명하다.

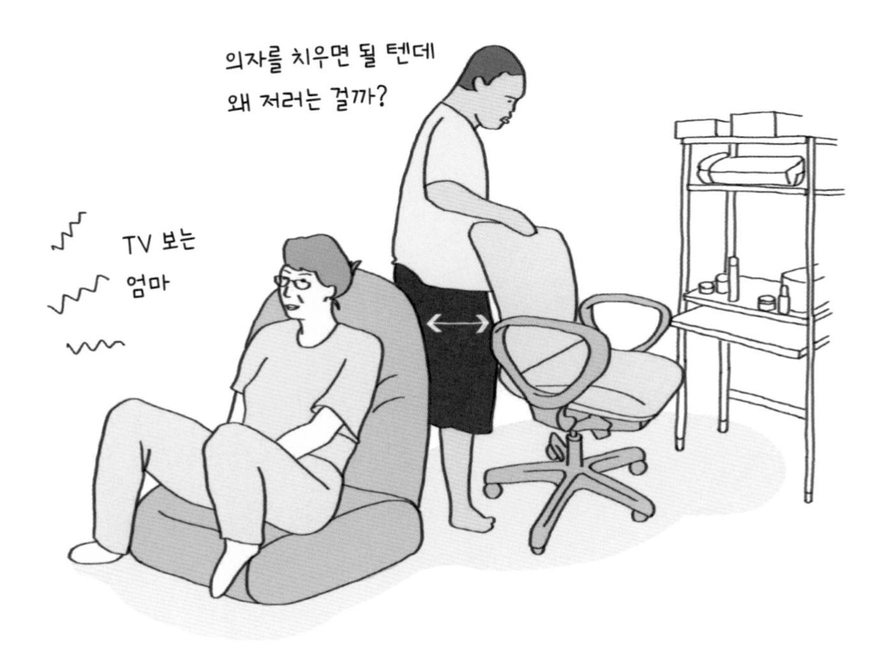

잡을까? 말까?

오빠는 어딜 가든 '난 남자야!' 하는 듯한 얼굴로 주머니에 손을 찔러 넣고는 몸을 건들거리며 다닌다. 하지만 산언덕이나 파도치는 바닷가, 혹은 신나지만 조금은 무서운 곳에 가면 태도가 180도로 바뀐다. 엄마가 손을 내밀면 덥석 잡고는 절대로 놓지 않는다.

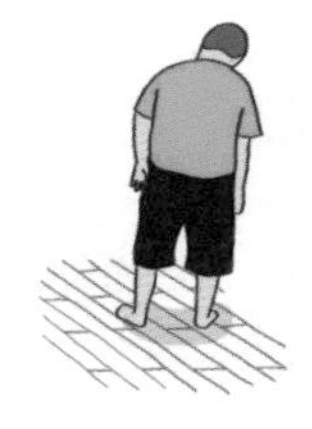

한밤중 하이파이브

엄마가 안 자면 오빠도 항상 깨어 있다.
하지만 엄마가 "히로, 이제 자야지." 하고 말하면
그게 몇 시든 바로 자러 간다. 하던 일이 있어도
싫다는 말을 하지 못해서 어쩔 수 없이 자러 간다.

그날 기분에 따라 엄마를 쳐다보지 않을 때도 있다

담요는 포기 못 해

한여름에도 담요와 이불을 둘 다 덮고 잔다.
더울까 봐 여름 이불로 바꿔 줘도 어느새 두꺼운 이불을 덮고 있다.
반대로 겨울에는 추울까 봐 요를 더 깔아 주지만
다음 날 아침이면 어김없이 치워져 있다.

담요는 반드시 두꺼운 이불 위에 덮어야 한다.
빨래는 대충 개면서 담요는 희한하게 제대로 포개 덮는다.

또 툭 하면 요에 구멍을 내서 솜이 삐져나와 있다.

궁금해서 엄마가 몇 주 동안 살펴봤더니,
잘 때 깔아 준 이불이 어느 날은 오른 쪽으로,
어느 날은 위쪽으로 왔다 갔다 하며 자리가 바뀐단다.
마치 표류하는 섬처럼.
이렇게 오빠의 새로운 습관을 발견할 때마다
엄마는 즐거워한다.

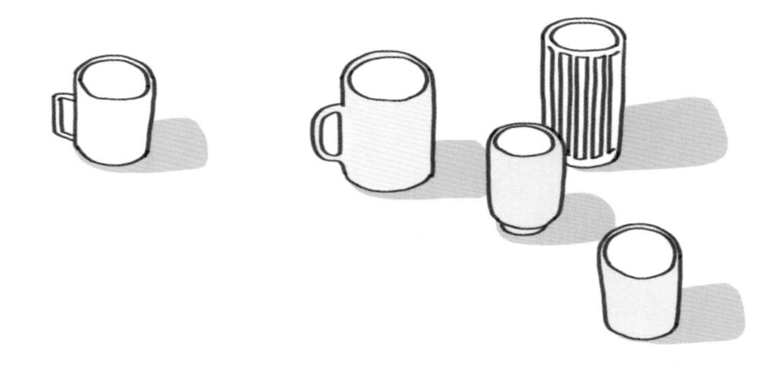

아침에 일어나면 싱크대에 컵이 수북이 쌓여 있다.

오빠가 밤에 몇 번씩 일어나 물을 마시기 때문이다.

오늘도 오케이 오케이

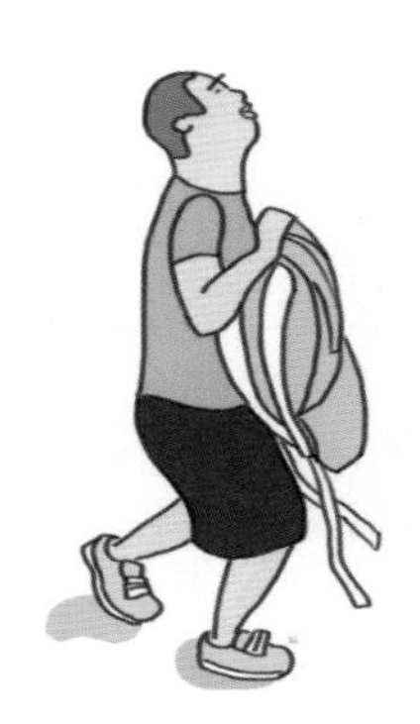

에필로그

우리 가족이 사는 법

"다운증후군이 있는 가족과 생활하면 어때?"
어느 날, 연구 수업 시간에 선생님과 동기들이 내게 물었다. 이 질문이 계기가 되어 나는 오빠의 이야기를 책이라는 형태로 만들기로 결심했다.
지금 오빠는 엄마와 엄마의 재혼 상대 아저씨, 이렇게 셋이서 살고 있다.
생활환경이 달라졌지만 나름대로 변화에 적응해 가며 지내는 듯하다.
때로는 기분이 언짢아져서 큰 소리를 내거나 갑자기 기운이 없는 날이 이어지기도 한다. 환경이 바뀌어서인지, 아니면 계절이나 몸 상태, 나이의 변화 때문인지는 모르지만 예상치 못했던 일도 종종 생긴다.
이제는 오빠가 갑자기 사라지는 일이 거의 없지만, 예전에는 그런 일이 자주 있었다. 대개 가족들은 그럴 때마다 '이제 와서 후회하면 그게 무슨 소용이야? 애초에 이런 일이 생기지 않도록 더 노력했어야지.'
하면서 반성을 한다. 하지만 우리 가족은 오빠를 찾는 동안에는 가슴을

졸이다가도, 막상 찾고 나면 "또 장난쳤네!" 하고 웃어넘겼다.
오빠와 생활하면서 좋은 일도, 나쁜 일도, 그밖에 크고 작은 일도 많이 있었다. 가족들은 오빠의 문제뿐 아니라 각자 자신의 과제를 안고 있었고, 늘 그 과제를 해결하며 살아왔다. 엄마는 이렇게 말하곤 했다.
"같은 다운증후군이라고 해도 히로의 경우는 장애의 정도가 심해서 노력한다고 해도 사회에 적응하기는 어려워. 이걸 나쁘게만 볼 건 아니야. 앞으로 더 좋아질 거라고 크게 기대하지 않아도 되고, 그저 작은 일에도 함께 기뻐할 수 있으면 되니까. 모든 일이 뜻대로 되진 않겠지만 함께하는 동안 접점을 찾고 서로를 인정해 주는 관계도 좋지 않을까?"
그러고 보면 엄마는 우리에게 그 무엇도 강요한 적이 없다. 부모님은 우리가 하고 싶은 일을 하도록 해 주었다. 엄마 아빠는 사는 것만으로도 벅찼다고 말할지 모르지만, 그런 상황에서도 우리 가족은 모두 오빠의 다운증후군을 피하지 않고 마주했으며, 그 결과 지금과 같은 관용적이면서도 남들과는 조금 다른 가족의 모습이 만들어졌다고 생각한다.
오빠 덕분에 이야깃거리가 생기고 우리 가족이 화목해지기도 한다. 그런 점에서 내 오빠 히로에게, 그리고 우리 가족 모두에게 고맙다는 말을 하고 싶다. 오빠는 우리 집의 작은 구심력과도 같은 존재이다.

사토 미사요(佐藤 美紗代)

추천사

모른다고 하는 희망, 혹은 양자성에 관하여

다운증후군이 있는 사람이라고 하면 흔히 비슷한 외모에 통통한 체형, 불안한 걸음걸이, 그리고 왠지 귀여워 보이는 인상을 떠올린다. 이때 '귀엽다'는 말에는 좋지 않은 어감도 녹아 있다. 능숙하게 일을 척척 해내는 사람더러 귀엽다고 하지는 않으니 말이다. 그러니 그 말에는 어수룩한 사람이라는 의미도 담겨 있을 것이다.

《데이비드의 나무》(세오리쇼보世織書房, 1993)는 다운증후군 청년이 그린 그림을 엮은 책이다. 이 책의 저자 슈타이들 야에코 씨는 결혼 후 미국으로 건너갔다가 권리를 박탈당한 채 희망도 없이 밥벌레 취급을 받는 장애인들을 보고 큰 충격을 받았다. 장애인들이 그림을 통해 자신감을 얻도록 도운 저자는 다운증후군 청년들을 만나 자신이 다시 태어났다고 말했다. 또 다운증후군 청년들은 서로 다투는 일이 없다고 말했다. 사실 보통은 그래야 하는 게 아닐까?

나는 스스로를 보통이라고 여길 때가 많지만, 내가 정말 그런 사람인지를 고민할 때면 내 안에 있는 두려움을 발견하곤 한다. 그건 걱정을 넘어선 두려움이다. '누군가가 나를 공격하지는 않을까?' 하는 두려움. 그래서 공격받기 전에 어떻게든 내가 먼저 공격해야겠다는 생각을 하게 된다. 먼저 입을 닫아 버리거나 방해가 되는 사람과의 관계를 정리하는 등의 극단적인 방식을 선택할 수도 있다.

사실 다들 알고 있듯이, 이러한 공포심은 웬만한 노력으로는 잠재울 수 없다. 하지만 다운증후군이 있는 사람들은 이런 공포심을 대수롭지 않게 여기며 편안하게 받아들이는 듯하다. 히로도 그렇다. 그 한 예가 몸을 흔들흔들하는 습관이다.

'느슨히 느긋느긋, 넉넉히 너울너울
유유히 한들한들, 여유로이 하늘하늘'

이 글은 예전에 새로 부임한 학교의 선생님들을 격려하기 위해 내가 쓴, 시 같기도 하고 주술 같기도 한 글이다. 읽기만 해도 저절로 마음이 편안하고 느긋해지는 단어들만 모은 것이다.

다운증후군이 있는 사람은 평화로운 사람이라고들 한다. 평화는 싸워서 얻을 수 있는 게 아니다. 그러니 다운증후군이 있다는 건 지혜가 몸에 배어 있는 사람이라는 의미가 될 수도 있다.

사람은 저마다 버릇이나 고집이 있는데, 주인공 히로의 경우에는 '절대 거울을 보려고 하지 않는다'는 고집이 있다. 놀라웠다. '왜일까?' 하는 궁금증과 더불어 '혹시 양자 세계의 불가사의를 이런 식으로 말하고 있는 건 아닐까?' 하는 생각이 들었기 때문이다. 그 고집이 내게는 '거울을 계속 보고 있으면 내 뒤통수가 보여야 하는데, 왜 내 얼굴만 보이는 거지? 이런 거울 따위는 거부할 거야!'라는 목소리처럼 들리기 때문이다.

이 말은 양자물리학자 조지 가모브(George Gamow)가 그의 저서《이상한 나라의 톰킨스 씨》(하쿠요샤白揚社, 2016)에서 한 말이다. 우리는 빛이 직진하는 세계에 익숙하지만, 마이크로 양자의 세계에서는 빛이 처음 뻗어 나가기 시작한 곳에서 지구를 한 바퀴 돌아 제자리에 돌아온다. 우리가 생각하는 '있을 수 없는 일'이 양자 세계에서는 '보통'인 것이다.

이런 관점에서 나는 히로의 고집이 놀랍다는 생각이 든다. 그리고 뒤이어 '모르겠다'는 생각이 따라온다. 모른다는 건 희망이다. 철학자 파스칼은 모든 걸 알게 되면 희망은 없다고 말했다.

"자연은 무한한 둥근 형체이며, 여기서는 모든 곳이 중심이 된다."

이 말은 파스칼이 했던 수많은 명언 중에 하나이다. 그렇다. 구면에서는 우리가 어디에 있던 그곳이 중심이 된다. 우리는 지구의 표면에 서 있다. 즉, 우리는 모두 중심에 있다. 그러므로 모든 사람은 평등하다.

나에게는 네 명의 아이가 있는데, 그중 내 나이 마흔에 얻은 막내 세이코에게는 다운증후군과 심한 복합장애가 있다. 눈이 보이지 않고, 말도 하지 못한다. 혼자서는 음식을 먹지도 못하고, 스스로 배설을 하지도 못한다. 낮에는 대부분 잠을 자다가 밤에 깨어나 음악을 듣는다. 나는 세이코에게 어떤 음악을 들려줄지가 가장 큰 고민이다. 고맙게도 많은 사람이 음악 앨범을 가져다주어 들려주곤 하는데, 그러다 보면 가끔은 이런 생각이 들곤 한다. 과연 세이코가 음악을 듣고 있기는 하는 걸까?

그러던 어느 날, 나카지마 미유키의 노래를 들려주다가 깜짝 놀라고 말았다. 누워서 음악을 듣던 세이코가 갑자기 몸을 앞으로 내

민 것이다. 놀랍다! 모르겠다! 그래서 희망적이다!

세이코도 중심이고, 나도 중심이다. 하지만 일상생활에서 우리는 시소를 타는 느낌이다. 위로 올라갔다가 아래로 내려왔다가 한다. 대체로 내가 세이코를 올려다보고 있는 것 같다. 내가 체중이 더 나가니 말이다. 히로와 여동생은 어떨까? 히로와 어머니는 또 어떨까? 궁금하다.

원래 '인간(人間)'은 함께 살아야 하고, 서로 끊으려 해도 끊을 수 없는 관계이다. 함께 있는 두 사람이 이야기를 나눌 때는 '너'와 '나'라는 호칭을 일일이 쓸 필요가 없다. 대화에서 주어를 생략하는 것도 같은 이유이리라. 상대를 생각한다는 건 자기 자신을 생각하는 것이다. 상대를 화나게 하는 건 자기 자신에게 화를 내는 것이다. 그 반대도 마찬가지이다. 양자성(兩者性)이란 바로 이러한 이상적인 상태를 일컫는 이름이다.

말을 할 리가 없는 세이코가 가끔 "괜찮아" 하고 나에게 넌지시 말을 건넨다. 양자성이 나타난 것일지도 모른다. 이 책은 우리가 아무리 다르더라도 "괜찮다!"고 분명하게 말해 주는 책이다.

환경철학자 사이슈 사토루(最首 悟)

오빠는 오늘도 오케이 다운증후군 오빠의 이유 있는 하루

지은이 사토 미사요 옮긴이 채송화
펴낸이 곽미순 책임편집 윤도경 디자인 김민서

펴낸곳 ㈜도서출판 한울림 편집 윤소라 이은파 박미화
디자인 김민서 이순영 마케팅 공태훈 윤도경 제작·경영지원 김영석
주소 서울특별시 마포구 희우정로16길 21
대표전화 02-2635-1400 팩스 02-2635-1415
출판등록 2008년 2월 13일(제2021-000316호)
블로그 blog.naver.com/hanulimkids 페이스북 www.facebook.com/hanulim
인스타그램 www.instagram.com/hanulimkids

첫판 1쇄 펴낸날 2019년 7월 26일 3쇄 펴낸날 2024년 1월 3일
ISBN 978-89-93143-76-8 43830

* 한울림스페셜은 ㈜도서출판 한울림의 장애 관련 도서 브랜드입니다.
* 잘못된 책은 바꾸어 드립니다.